JN077679

# 非在の星

久々湊盈子

歌集

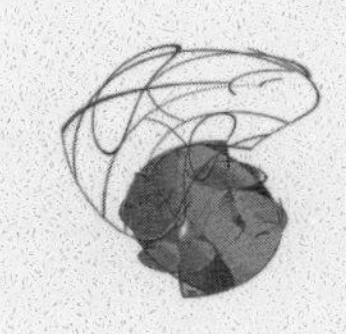

典々堂

*目次

装幀　倉本　修

# 歌集　非在の星

## 初秋のひかり

クロガネモチはや色づきて丸き実のつぶらつぶらに初秋のひかり

脳トレのために書きゆく鬱（うつ）、欅（けやき）　鬣（たてがみ）はもう書
けずとも良し

遠くより見れば木の間の巾着田血だまりのご
と彼岸花群（む）る

みずからの姿を見ることあたわねど鴨は鴨どち鴛鴦（おし）は鴛鴦（おし）どち

集団ヒステリー状態となる四年ごとのスポーツ祭典われは好まず

生き残り泣くのはわたし、と決めており一夫一婦の劇の終りは

わたくしの何を危ぶみ年来の友が手擦れし『パンセ』をくれぬ

百目柿日にけに熟れゆく今年から無人となり
し町会長の家

危機は今　ふかき瞋（いか）りをうながして日にあか
あかと黄櫨（はぜ）の木は立つ

## 黒きうねり

咲き盛る白さるすべりを揉みしだく南西の風
ゆううつニッポン

夜の川満々としてさかのぼる黒きうねりを権力と呼ぶ

時差というほどでなけれど東京と那覇に明けゆく空の濃淡

傍若無人という四字熟語が居座れる嘉手納、
普天間、辺野古新基地

代物弁済の地に伸び放題のブタクサの花粉公
害弁済されず

むくりこくりが来るぞと民を煽りたて軍需予算のとどまりしらず

支持率はまた持ち直し不可思議なにっぽんの夏　どこへただよう

「鏖殺（おうさつ）」と「殲滅（せんめつ）」の差は何　息つめて蟻の
巣穴に熱湯そそぐ

愚かなる人類の遺跡発見と異星人言わん億年
ののち

窮屈な時代となりてエドウィンのスリムジーンズ売れ残りたり

ハート型に離れず番うは雄トンボの執着にして愛にはあらず

38度線はむかしも今も生命の境界線にて酷暑
はつづく

洋上に生（あ）れたる嵐がこの宵の首都の並木をい
たぶりはじむ

台風一過のびしょぬれの町に何食わぬ顔して
望の月が出でたり

晩夏光なおおとろえず読み続く葛原妙子の過
剰なる歌

## 練切

〈月映（つくばえ）〉と名付けられたる黄身餡の練切（ねりきり）を食
ぶまなこを閉じて

教育勅語の埃はらいて唱えさす学校あれば通わす親あり

缶コーヒー無糖が増えて「あたたかい」と「冷たい」ボスがにんまり笑う

殺処分の明日を知らねばココ、ココと千羽の
鶏が産む白たまご

鶏は「つぶす」と言えりその頸をわけなくひ
ねる祖母を怖れき

羽根を抜きし痕まざまざとあざやげるオース
トリッチの肩提げバッグ

パソコンに奪われてゆく漢字力きょうは憂慮
という字が書けぬ

隠れ家にしている小さな喫茶店窓辺にもうす
ぐミモザがひらく

退屈という贅沢には無縁にて櫛風沐雨　古稀
過ぎてなお

ズブロッカのなかに一本立っている香草のような友人がいる

もう誰も行きたがらぬゆえ安堵して今宵も明るし月読(つくよみ)王子

ちちははの長寿受けつぎさしあたり機嫌良き
夫が菜を刻みおり

「物忘れ外来開設しました」とお知らせがく
る予備軍われに

夕空に「家路」ながれて電線に八分音符のごとき雀ら

卵という完結を見ぬ黄身ばかり煮含めており夏の終りに

一越ちりめん

死の日まで何年あるか書初めは「晩年渾身」
の四文字えらぶ

上り坂は下り坂にてかたわらのツワブキの黄
に足をとどめる

ふた月を木末に灯りていし柿のことごとく無
き冬の青空

町川に捨て湯のけむり立つところ根深をさげ
て通りすぎたり

白蠟のごとくほそりと立つ鷺がやにわに魚を
捉え飲みたり

福袋に人ら群がりおのおのの予算に見合う福を手にせり

仮定法過去に遊びてうつらうつら正月三日

風花が散る

空の深みにひそみいるらん三日後に雪を降らすという寒気団

羽根裏の暗きこと寒の古利根を翔けてたちゆく白鳥の群れ

亡き母の手針の縫目なぞりつつ初釜に着る一越ちりめん

誰おらぬ小春のアトリエふくよかな女人の裸像にひかりまつわる

悪だくみするにあらねど冬魚の喉黒(のどぐろ)うしろめたきまで旨し

いつか読む読まねばならぬ本ばかり枕辺に積み夜々を過ごしぬ

ナガミヒナゲシ

騎馬民族の駈けゆく春か風に乗りゴビの黄砂
が渡りくるなり

身過ぎ世過ぎに費消したる歳月が手の甲にあ
りありと染みを残せり

来たるべき夏の朝けのよろこびのタネを埋め
ゆく等間隔に

水深七〇ｍに六万本の杭打つとバカも休み休み言いたまえ

みずからに恕して今日は好物のミルフィーユを食む誕辰の午後

あずさゆみ春立つ今日のねぎらいの風受けて
ひさびさウオークに出る

今年またナガミヒナゲシ咲き出して新入園児
の泣く声を聞く

こんな土食えるかともいわず線量の高き畑に
まだいるミミズ

海の底に罪なく生きていしものの足を括りて
湯に沈めたり

アメリカの正義というは何ならんビアスの辞
典にたずねてみたし

大国を意のままにする漢(おとこ)ありポピュリズムと
いう追い風たのみ

耐えいたるもののごとくにヤマユリのつぼみ
弾けて匂いはじめる

ひすい色の網目のなかをゆくごとし奥多摩溪
谷五月快晴

つゆのあとさき

花言葉は「油断大敵」夾竹桃咲く高速路を北へと走る

日本海の怒濤が見たくて来しものを佐渡島まで紺青の凪

ここまでは積りますから、雪染みの壁を指差す新潟のひと

ほととぎす四囲にきこえて弥彦山の展望台は
青東風のなか

若からぬ我らといえどクラゲ館の静かな昂揚
に紛れゆくなり

ひもすがらただようクラゲに心残し湿度80％
の梅雨の町ゆく

冷蔵庫に忘れてきたるかのメロン旅の二日目
きょうが食べごろ

合歓の花いっせいに咲き頰紅をさすごと雨季の空を撫でおり

ブティックの鏡はうそつきやわらかな絹のブラウス着れば痩せたり

この町のTUTAYAつぶれてネットカフェに二十四時間灯りがともる

オキーフの骨の絵ばかり見てきたる眼をあらうぬるき真水に

扼されし喉もて鳴くかうつくしく声悪しき尾
長の群れ渡りゆく

金満家にあらねど紅バラ白きバラ溢れ咲く日
はこころが驕る

紫陽花の葉のうえをゆくかたつむり天日遅々
たり夏至まで十日

無尽数（むじんず）にかさなる藍の濃淡を揺らして過ぎる
水無月のかぜ

あさなあさな喜びくれし夏椿ついのひと花落ちて銹びたり

いまどこにいますかわたしを見てますか一日ちがいの母と姉の忌

耳の奥に飼うかたつむり朝窓を打ちはじめたる雨をよろこぶ

滅紫（けしむらさき）の夕べとなりて風わたるようよう梅雨の明けゆくらしき

無花果

葉隠れにいちじく熟れて列島に湿舌ひたひた
伸びてくるなり

咲くことなき花がびっしり寄り合って無花果
という甘き密室

幾百の小鳥をふところに抱え込み苦笑いせり
宵の槻の木

夜をこめて灯すコンビニうすあまき「いろはす」という水買いて出る

投網のごとく老いは被さりくるという歌あり今日の胸に刺さりて

茉莉花（まつりか）のはげしく匂う雨あがり油のような夕照りとなる

電柱の頭にとまり黒服はさすがに暑いぜとカラスは啼くか

窓は秋いろ

先頭集団を脱落してゆくランナーのほっと力
を抜くが見えたり

秋風秋雨身にしむ齢となりたれば徳利でたのむ熱燗二合

おもむろに、かつは無慈悲に加速して搾木（しめぎ）のように老齢はくる

ありふれた人生を生きありふれた死を得るの
だろう秋の陽ぬくし

宇宙葬と歌集出版の諸掛りと等価と聞きて
しばし考う

早起きの夫が立つる煮炊きの音、水をまくおと耳に二度寝す

あと何年ここで生きるか朝ごとに五穀ついばむ雀見ながら

書棚には死者の書きたる本ばかり県立図書館
の窓は秋いろ

糊口に疲れ居眠るひとの襟もとの汚れを見た
り日暮れの電車

アメージング・グレイス折よく鳴りだして町
内会から救いてくるる

玉砕という名の犬死　辻に立つ忠魂碑いまだ
生花絶えずも

アッツ島にて戦死とあればアッツ島の花を思いぬ海を思いぬ

「雨の降る品川駅」を発ちゆきし辛よ李よいかなる生を遂げしや

日の箭（や）

椨（たぶ）の木の高枝をわたる風を聞く二度と来ぬ今
日という秋の日の風

読むべき本は読みたき本にあらずして秋の夜
長はつくづく長い

二十六歳で死にし男が呼びよせる老若男女
秋の啄木祭

逢いがたき人のうえにも降りていいんこれより
冬に入る小糠雨

死ぬ日まで生きていたいと笑いつつベッドの
友の目元笑わず

「大関」のワンカップ窓に立ててゆくスキー
列車あり記憶のなかに

迷い風が篠懸の葉をまきあげてこの世はだん
だん痩せゆくばかり

胸分けに牡鹿がゆきしか白萩のこぼれて秋は
人恋う季節

淡くて長き交わり良きかな大分のカボスが今
年も忘れずにくる

橐吾と書けば茎立つ黄の花の直情見ゆるがごとしつわぶき

ふくみ笑いしながら風が通りすぐカラマツ林に針を降らせて

能面師浅見なにがしの手に成りしペポカボチャ可笑し煮たれば旨し

酢に揉みてもってのほかのむらさきを食めば今年の秋深みかも

みずからを悪人と書く『もうろく帖』鶴見俊輔含羞のひと

日の箭（や）という比喩のするどさ雲割りて冬となる野に真直ぐに届く

過客にすぎねど

台風15号による被災地を巡る

台風に拉(ひし)がれし千葉を経巡るとまずは乗り込
む単線電車

日本唯一の四方懸造りの笠森観音堂（重要文化財）

懸造りの御堂の扉も缺けうげて野分の痕をありありとどむ

ああここも限界集落　荒れはてし里山にカラスウリ赤く小さく

のり面の剝落はげしく崖道は片側通行ここもあそこも

道路警備に老人多しいささかの後ろめたさに会釈して過ぐ

畢竟われらは過客にすぎず点在するブルーシートを遠く眺めて

陽に透けて黄葉（もみじ）、濃紅葉（こもみじ）の下照れば心和（な）ぎたり香取の宮に

梅咲く郷へ

陀羅尼助持っててよかった奥能登の岩ガキい
ささか持てあましたり

オキュパイドジャパンは今も　大回りして最
終便が降下してくる

遠近法無視するように巨大化しアメリカ仕立
ての軍用機来る

権力とは腐敗するもの若さとは失せてゆくも
のどんな時代も

人恋うは憎むに等し夜をこめて嬬恋う猫の声
がしている

うそのように七十と五年は過ぎてゆき今日は
しんねり餅を食みおり

小銭入れ、印鑑、眼鏡わたくしにことわりも
なく姿を消すな

かいつぶり沈みて浮きてまたたく間に過ぎて
しまいぬ睦月きさらぎ

白雲を浮かべたるまま青空は暮れて紺青やが
て深藍

ひまわりの花のかたちのウイルスが弧状列島に拡がる気配

パンデミック直前なりという朝も待たれておれば歌会にゆく

山茶花はびっしりと咲き華やかな悲劇のごとし風にこぼれて

亡き姉と連れだちゆきたし早春の水の郡上へ梅咲く郷（さと）へ

## たびら雪

桃が咲き白木蓮がほころんでこの世のことは
序をあやまたず

通り雨に追われて入りし古書店に買いたる『らいてう自伝』百円

まっすぐに伸び立つ禾（のぎ）のやわらかさ麦は麦なる生をよろこぶ

官能に響くねと笑いつつ食めり磯の香たかき
みちのくの海鞘(ほや)

にわかにも天は変じて海棠のつぼみに霏々と
たびら雪降る

晩春(おそはる)の濁(じょく)ともいうべし木蓮の咲き乱れたるその濃むらさき

返り来る声を待てども衰えし眼(まなこ)に見えずベテルギウスは

切羽つまらず

世迷いごとなど知らぬ存ぜぬ五月雨に海芋（カラー）が
真白き漏斗をひらく

天使突抜（てんしつきぬけ）という字（あざ）あれば悪王子、元悪王子あり京都を歩く

荒東風（あらごち）の屋根うつ音を聞きながら爵位の薯をていねいに剝く

曖昧のままに別れしひとありて地方版に今日
その死を知りぬ

追憶はひとところにて途切れたり差しこむよ
うに齲歯(うし)が痛みて

ドラマみて友のふみ見て欠伸してこんなに涙
はやすやすと出る

宿敵はここぞと弓を引くかたち天に三日月冴
えかえるなり

「其中日記」*閉じて春夜の恥深しこのごろ人生やや長すぎる

*種田山頭火の日記

指入れてざくりと春のキャベツ割る自粛という語はもう聞き飽きた

天上のいずこに桃の花咲くか肩に乗り来しはなびらひとつ

それぞれに背負えるものは重けれど皆よそゆきで来る月例の会

忘却を武器として生きてゆくつもり切羽つま
らず白飯噛みて

吃音のカラスが一羽帰りゆく中天おぼろに半
月が浮く

蘇民将来

なまくらの平和蹴とばし冗談のように真性の

疫禍拡がる

さびしんぼうのカラスが一羽休校となりし中
学のチャイム聞きおり

人面の連なるごとき胡蝶蘭夜さりに嗤いを洩
らすならずや

ひとしぼり夕雨すぎてあじさいの花毬ぐんと
伸びあがりたり

はじまりと終わりというはひとつづき疫病（えやみ）の
町に紫陽花ゆれて

疫癘（えきれい）は人類の瀉血か里山にけたたましくも鳴くホトトギス

雨の川に河骨咲きている午後のしずかなさみしさ今日も見にゆく

よんどころなき用にてあればマスクして黒を
着てゆく雨の日の通夜

散りいそぐ花もあるなれ悪疫に拉(ひし)がれし地の
おもてを埋めて

いいように電動歯ブラシに擦られて無為無策
なる月日過ぎゆく

消毒用アルコールの横に貼っておく蘇民将来
の古りたる護符を

路地のそちこち猫出でており雨やみて樗の花を風揺らすころ

亡き人は無きゆえ在ると枕頭の灯を消ししばし闇を見つめる

降りぐせ

窓を開けよ人と離れよ家に居よ命令形がマスクしてくる

窓うちにチェルニー復習う音のして隣家の少
女休校十日目

あけび蔓明りとり窓に添うて伸び机上にちら
ちら木洩れ日落とす

あたためたミルクのような靄流れ姉の忌日の
朝窓ひらく

玻璃いちまいを護りとなして疫癘（えきれい）の日々をや
るなり樗（おうち）の盛り

新聞紙まるめて窓拭きするが見ゆ一斉休校解
除となりて

放課後の中学校の窓をもれ日暮れの「クワイ
河マーチ」まがなし

悪疫も他者も入れじと建売の窓はだんだん小さくなりゆく

罹患せぬこと唯一の標語とし窓あけてひさびさの歌会はじむ

二階の窓閉めたかどうか降りぐせの夕べの雨
に追われて帰る

六月の窓辺を被うトネリコのあわきみどりに
まさるものなし

窓広くあけて大きく息をするこれより九旬の
夏のはじまり

「目に遠いは心に遠い」去年(こぞ)ゆきて今年は行
けぬデイゴ咲く島

## 魯迅故居——上海

施高塔路四達里（スコットロシッタツリ）なる堅牢なレンガ造りの家に
生れき

虹口（ホンキュウ）区施高塔路なる魯迅故居たずねしことあ
り歳月を経て

日本租界の町内会の会長は内山完造　書店の
あるじ

麻疹（はしか）のわれを背負いて来しと引揚げの話のたびに叔母は言いたり

疫病（えや）みという暴力は三たりの子を奪いそれより寡黙となりたり父は

野晒しの石の地蔵に手を合わせ動かぬ母が今も目にある

ひもじさを抱えて遊びき日暮れまで大樟の木のターザンごっこ

一夏九旬

生れるまえの風が籠っているような雨の森なりただにかぐろく

夜をこめて窓打つ雨に眠られずカミュの『ペスト』また開きたり

のらぼう菜ひとたば百円、性善説まだ生きている無人スタンド

核兵器より抑止力あるウイルスに手こずりながら日々消光す

神の篩(ふるい)にかけられている心地して消(け)ぬがに白き昼月見上ぐ

面相をあげつらう気はなけれども人の品位は
口元に出る

三日前のドラマ見おればテロップの避難指示
次第に緊迫してゆく

官報となり下がりたる新聞をひとくくりにせり土曜日の朝

たたら踏む思いに過ごす悪疫の一夏九旬に咲かす貌花（かおばな）

## 十津川の夏

新幹線、近鉄奈良線乗り継ぎて飛鳥大仏に会いに来たりぬ

ういろうと陀羅尼助わすれず持参して自衛しながら気散じの旅

馳せくだる数えきれない瀧を見て大和、吉野の旅をゆくなり

兄に追われ義経主従が潜みたる吉光神社の鶴
の襖絵

寺町にて夫がすするニシン蕎麦見ながら赤き
削り氷(ひ)崩す

ガイドブックに「お勧めできません」とある
朽葉重なる酷道をゆく

すれ違い出来ぬ崖道こうなればスリル楽しみ
ゆくほかはなし

南朝の貴人の往きけむ杣道を畏れながらに天
川村まで

洞川の露天湯にひとり沈みおりこの身に疫禍
の及ぶ日あるか

ふんふんと長吊橋を渡りゆくヤジロベエのご
と両手広げて

十津川の谷瀬の吊橋渡りたり登志夫、公彦の
残像追いて

われの海馬にうれしく残さん水ゆたか緑ゆたかな十津川の夏

山道を走るたのしみ捨てがたく免許返納いまだためらう

月下のひのき

差し潮に跳ねるボラの子憂きことの多きこの
世にさざなみ立てて

水中より見上ぐる空はひかり澄み安らかならんうろくずの目に

朝のプール往復二十回をノルマとしボラの子ほどに楽しくはなし

Tシャツがくたりと干され立ち退きをせまられている角のアパート

四十六億年生き来し地球の瞬きに過ぎねど疫禍にひとは苦しむ

老若貴賤を選ばずというウイルスの平等精神
悪くはないが

疫病に狙い撃ちされぬようマスクして月なき
夜をコンビニにゆく

濃厚接触ご法度となり出産グラフ下降せりけり当然として

玩物喪志の若者が増えこの町の最後の本屋店じまいせり

ツクツクボウシここを先途と鳴き競う晩夏い
ぶせき廃寺の杜に

つばくろの巣立ちの子らも飛び交える穂垂れ
の稲田の夕まぐれどき

熊野に会いし椰の木をいま洗いおらん颱風余波なる沛然の雨

果無しの峠に立ちてふかぶかと穢れなき空気吸いしことあり

天川村の水の香恋しあしひきの山女のあそぶ
谷川のみず

退陣を決意せしひとの館にもさし及ぶらん今
宵十三夜

毀誉褒貶は時が定むと思えどもにわかに齢深
みたるひと

声揺（す）りて鳴く尾長いて晩夏（おそなつ）のけだるく重き夕
暮れはくる

いつか世に彫り出さるる日を待つほとけ内に
抱きて月下のひのき

吾亦紅、蓼に水引き昧爽の庭にひっそり秋は
来ており

ひやおろし

手をすべり落ちたるたまご不穏なるこの世の
秋の始まりとして

アンテナにカラスが一羽濁点をふって鳴きおり霜降の朝

すきとおる秋の日差しと見てあれば風立ち木犀の金をこぼせり

一木の紅葉はやし日おもてに北の母郷を恋う
ナナカマド

愁いなどなきがごとくにこの国の秋旻（しゅうびん）をゆっ
たりゆく飛行船

ひとに知られぬ思い抱きてイイギリの血袋の
ごとき房実を見上ぐ

コロナ禍に閑居して不善を為すわれも夕べは
見にゆく畔の曼珠沙華

飛騨の「どぶ」、「司牡丹」のひやおろし明日
の憂いをしばし忘れて

地球儀の海をこぼれて藍色のひかり広がる今
宵十三夜

のらぼう菜薄揚げと煮てひやおろし酌むとき
つくづく秋はうれしき

今年最後の茗荷は梅酢につけておくほんのり
赤き入相のいろ

ゆりの木の大き枯葉を蹴散らして又三郎が駆けてゆきたり

晩秋の風落ちたれば庭下駄のままに見にゆく白きさざんか

秋果てて夕星(ゆうつづ)のひかり冴えるころ「北風小僧」
の灯油屋を待つ

苦(にが)うるかすこしふくみて温め酒　家居の日々
も悪くはあらず

「秋去冬来」きょうの日記にしるしおく霜月
二十日おもき曇天

厚塗りの黒の底いに死者のいる香月泰男の画
集をひらく

## 蹲（うずくまる）

嗜眠症ならねど冬の朝六時　あとひと眠りが
至福の時間

良寛の「天上大風」すすけたりコロナ禍なれば子も孫も来ず

不要でも不急でもなく咲いている葉群れのなかの五弁の椿

時代遅れのラジカセに聴く冬の夜のエンヤの
声の涙ぐましも

世はすべてこともなし、とはいかなくて駅前
通りきょうも閑散

「蹲（うずくまる）」という名の小壺　鬱をだくおみなのよ
うなわたしのような

こんなところに隠し躾（しつけ）がありたるを知らずに
きたり母なき月日

ウイルスの悪意解かれずさざんかも終りぽつぽつ山茱萸（さんしゅゆ）が咲く

いかのぼり一つあがりてコロナ禍の街衢（がいく）をひとは右往左往す

「撃ち方やめ！」と神が言うまでウイルスの
増殖やまず　今日も木枯し

つつがなくお過ごしくださいい誰かれに言いた
し疫禍の昨日今日明日

素寒貧となりし木立をいやさらに木枯らし小
僧がひと夜いたぶる

半月は薄らに人心いや暗し緊急事態宣言発出
の宵

コロチカム

十年先はたちまち十年の過去となりおのれの
齢うべないがたし

椎の実をぷちりぱちりと踏んでゆく山蔭の道
マスクはずして

富有柿てらりと並び大垣の歌人失せたる秋の
さびしさ

七時雨山とはいずこ秋霖のひと日歌集『時雨
譜』を読む

秋風秋雨に打ち伏せられしコロチカムのうす
くれないいも見て過ぐるなり

こんな夜は「さぶしい」と言いし祖母ありき
菩提子の念珠まさぐりながら

死を前に身を隠すという習性の行きどころな
しタワマンの猫

ダイエーが売りはじめたる犬の仔の鳴かず甘えぬ二十のいのち

マットひとつに顎をあずけて柴犬が二十万円の眠りを眠る

自らが最高値なりと知りもせずポメラニアン
が小さく欠伸す

バスを待つめぐりに一羽二羽三羽寄りくる鳩
の笑わぬまなこ

街をゆくダウンジャケットあまたなる水鳥の
死をぬくぬくと着て

目が覚めたように次々ひらきだすクリスマス
ローズの深きむらさき

緑金のひかり

風神と雷神手をたずさえてわが下総の空を乱打す

今日の気分にあう黒ビール傾けて屋根うつ春
の荒東風を聞く

門先のバラの新芽に緑金のひかりまつわる雨
過ぎしのち

モクレンか辛夷と言い換えて開きそめた
る白花の下

「聲」の字のなかに「耳」ありわたくしの声
は届くか遠いあなたに

「霾る」という季語ひとこと言い添えて弥生彼岸の歌会終える

八畳の和室にふたつ間隔を微妙にあけおく夫婦の寝床

## カノン

会いて別れしひと幾たりかわが髪に霜降るあ
した覚めて思えば

時間の影がだれの背中にも見ゆるゆえ冬の日
暮れはさみしくてならぬ

しなざかる越へ去りたる歌の友雪ふる夜はそ
の声聞きたし

藍甕をのぞくがごとき如月の夜空　二日の月
を刻して

永遠の遺失物ミロの両腕はいずこにありて誰
をいだくや

夜の厨はゴキブリのもの入りゆけばチッと舌
打ちするごとく消ゆ

不定愁訴と腰痛を嘆く友のメール返信はせず
歩きに出でつ

いつも通るオバサンとわれを思うらし夕べの辻の縄跳び少女

さまざまな国の旋律を内に抱き空港ピアノしんかんとあり

帰国して兵役につくという若者のカノンが響
く空港ピアノ

ただ一度トランジットで降りたちしアムステ
ルダムにて飲みたるワイン

筑波嶺はうすむらさきにけぶる見ゆ衣手常陸のやよいの空に

ものうげに今朝は啼きいるハシブトの声の抑揚　雨近きらし

目陰（まかげ）してふりあおぐとき遅咲きの八重の桜の圧しくるちから

多摩川の浅瀬に竿ふる人ありて銀に光るをたぐり寄せたり

むらさきの蘭を入れて下さいな墓参にほどよ
き曇り日きょうは

杉木立に抱かるるごとくその人の墓はありた
り墓誌あたらしく

膝折りて墓下なる人に語りかく夫人の背なに
春の陽やわし

短くて濃き仲らいの人ゆえに忘れがたかる修
文そのひと

松平修文――二〇一七年十一月二十三日没

沖の大夫

芽吹きたる楓の羽葉(うよう)やわらかに産湯のような
雨を受けおり

くじら雲しだいにほどけ子くじらをいくつも
産みぬ午後のいっとき

でこぽんのでこの具合を見比べてふたつ買い
くる不知火でこぽん

垂線をしずかに下ろすわたくしの生のみずう
みややに澱んで

母の字と舟の字似ており母までの海を小舟に
漕いでゆきたし

昨日の続きの夢を見ているとろとろとこれは
夢だと思いつつ見る

「太宰はもういい」はじめての選挙に連れ立
つ孫が言いたり

カンディンスキーの画集に溢れる色彩の丸は
四角で四角は丸で

わが前をゆく歌びとのこぼしたる言の葉うる
わし千の夜万の夜

落ちまいぞ転ぶまいぞと歩をはこび今日まで
は来つ歌はわが杖

閑文字に遊ぶよろこび暗鬱な時代であればひ
としお深し

遅れがちな柱時計がいまひとつ鳴って階下の
闇は深まる

三日月は空の創口あすという妙薬に少しずつ
癒えてゆくなり

正装をととのえポプラが整列す吹奏楽のひびく校庭

白花のうつぎが咲けりそこかしこ追憶という昔を連れて

近代詩の一篇諳んじてくれしひと八重の潮路の沖の大夫(たいふ)を

ボードレール「信天翁」(『悪の華』)

遠い記憶のなかに住むひと拇指の爪のかたちがまだ目にのこる

「ハナノナ」というアプリを連れて来し苑に名を呼ばれては笑まう花々

散り際を心得て散るヴィクトリアン・シークレットというくれないの薔薇

新たまねぎ丸のまま煮てソーセージぷくっと
茹でて　ものを思わず

「人生は束の間の祭り」いまはもう聴かなく
なった谷村新司

五月の風に

楽爪の伸ぶる早くてコロナ禍に籠る月日に花
咲きて散る

三軒先に救急車来て回覧板消毒をして回され
てくる

芽吹き終えし欅のこずえを揺るがせて涅槃(ねはん)
西風(にし)ふく今日のあおぞら

眉だけは濃いめにひいてマスクかけショッピングモールへ気散じにゆく

このごろの鳥語かしまし樟の木に聞き耳頭巾欲しき夕暮れ

銀輪の細きが雨に打たれ見ゆひと夜帰らぬ少
年待ちて

遺失物受取りにゆく乗換えの駅に大事な傘を
忘れぬ

金の斧銀の斧沈む沼なるかてらりと静か闌けたる春を

チョコレートのぎんがみ鶴になるまでに歌の言葉が浮かんで消えぬ

明らかに嘘を言いおる人の顔アップになると
き黒目がおよぐ

神隠しに遭いし少女もマスクして五月の風に
吹かれているか

わがボトルいかになりしやコロナ禍の居酒屋
閉店貼り紙ひとつ

世をすねて今年は花をもたげ来ずシンビジウ
ムは根ばかり太る

「べ平連ってなに」と聞く子と冬晴れの国会
前をしらじら歩く

一人二人と降りゆきとっぷり暮れたれば車窓
にわたしの顔のみ映る

五本指の靴下履いて来しわれは居酒屋の小上り寸時たじろぐ

袴垂という夜盗が夢にきてふくべの水を飲ませくれたり

足長蜂のくる春となり雪柳れんぎょう風には
しゃぎやまずも

早苗鳥は卯月鳥なりほととぎす朝けの空を鳴
きて過ぎたり

かわほり

はじかみに茗荷、ひと文字、そうめんに添え
て百日（ももか）の夏をしのぎつ

人をおそれぬヒタキが今日も庭に来てヒッヒッと何か言いたげに鳴く

年古りてよきことひとつ憎しみと妬みの感情久しく湧かず

帰りてひとりグノーを聴かんという歌にみて
いる友の静かな孤独

野ウサギを追うがごとくに刈萱を分けて台風
の風が荒ぶる

被災者の顔いくたびも映し出しニュースは不幸の拡散をする

雨あとの匂い著しもこうもりを日傘となして午後を帰り来

ひるがおにやさしく猛く絡まれて思案顔なり
辻の地蔵は

日の暮れの町空をはたはた飛び回るかわほり
という哺乳鳥類

凶火(まがつび)を造り出したる人類を憐れむか昨日より
痩せし月読

脳神経内科へ

寸鉄も帯びずに来よと言われたりＭＲＩとい
う首実検に

一分の意地

体当たりするごと突然やって来し腰痛という
老いの関門

図に乗りて十キロ歩きし報いにて三日がほど
は腰が泣くなり

車椅子の人あり松葉杖もあり新参われもリハ
ビリを待つ

物おもわぬ芋虫のごところぶして季節をはこぶ風の音聴く

垂直に紫君子蘭咲き揃い一分の意地を競うがに見ゆ

ぐい呑みのたった二杯にほろ酔いて「慕情」
の後半また見損なう

孫五人それぞれの生を生きながらピザマルゲ
リータを等分に頒く

これということもせぬまま日めくりが半分痩せて梅雨が明けたり

台風の去りし日のあさ西空に忘れもののごと虹がかかりぬ

「身体は元気です」認知症の妻あるひとが淋しげに言う

今日という日が寿命でしたと仰のけに落ちたる蟬がジジと鳴きたり

おみな古りおのこいやさら喜寿という祝いの
宴に禍福さまざま

出がけに混ぜし糠味噌の匂い残りいる指には
あわぬ真珠の指環

両側に耳のあること幸いにピアスつけ眼鏡かけマスクして出る

あのひともかの友も等しく耐えている酷暑、土砂降り、悪疫、悪政

二百三高地席捲するごと夏草が更地一枚覆いつくせり

記憶から行方不明になりしひと酷暑の夢に来て笑いたり

結果を知り安堵してみる炎熱のマラソンに死
にし人のなければ

抑えきし怒りが噴出するごとくラムネがこぼ
れる広島の夏

戦争は実はそこまで来ていると赤トンボ空中にとどまりて言う

犬死という死にかたが英霊と言い換えられて長押に古ぶ

無力なるわたくしの声、無力なるわたくしの
手　声と手をあぐ

すずめいろに日は暮れなずみ叱られて背戸に
泣きたる昔なつかし

ぞんぶんに愛した記憶ありたれば生きてゆけ
るとドラマは言うが

言葉まだ持たざる頃の人類は星降る夜をいか
に讃えし

## 八つ頭

そよごの実色づくころは天高くもう渡りきし
百舌の声する

軽トラいっぱい篝火花が積まれゆく木枯し一号吹きしまく街

根菜のうまきけんちん　なかんずく痩せの牛蒡がよき働きす

なにごとも無かりしごとく虧(か)けのなき月がのぼりぬ悪疫二年

声そろえ園児が歌う「ふるさと」の文語に手もなく泣かされており

みのむしはちちよと鳴くかわたくしにちちと
呼びたる人ありむかし

八つ頭ひしと寄り合う親と子を切り分けて煮
る秋ふかむ宵

朝茶が旨い

体型に沿う服いまは流行らねば自由を得たり
おみなのからだ

大き柿そだてるために捨てらるる青柿あまた
非正規ゆえに

大切な羽根一枚を落とししはエナガかツグミ
か秋ちかき朝

おのが身のくまぐま飽かず舐め清め伸びして
猫のひと日始まる

八女、駿河、狭山、掛川にっぽんの茶どころ
唱えて朝茶が旨い

引力に逆らわず縮みて今日われは小五の孫に
肩抱かれたり

落花生「半立」出回る秋となり千葉にかれこ
れ半世紀住む

岸恵子真っ赤なルージュ塗りながらどこかに
ドリアン・グレイを隠す

「裏切り」という花言葉くれないのダリアは
秋の雨に面伏す

ポンポンダリアの丸く密なるくれないは馴寄る足長蜂を拒めり

デモ隊のシュプレヒコールも聞かぬまま二年は過ぎつ誰の上にも

秋の日暮れはチェロの音色かオーボエか嫞待
つねぐらへ急ぐ鳥あり

君が代蘭夜目にも白しびっしりと劒のような
葉に護られて

牡蠣の殻

夕暮れの遠富士は頭上に雲を負い寂然とあり
明日は雨らし

ちかごろ稀な万年筆の手紙くる雨にわが名が
滲みぼやけて

餓えと死は同位であれば軒にすむ雀にきょう
も生飯（さば）を撒きおく

「普通がいい」と言いあいながらそれぞれに
思う「普通」に格差がありぬ

なにを聞きなにを見たがる耳目もて秋冷の朝
また旅に出る

越前ロードの展望台より見はるかす水平線は
ただ光の圏(わ)

気(け)比(ひ)の浜辺に寄せては返す波のおと小砂利を
揉める清きその音

秋の日の九頭竜ダム湖の水の面を風わたりゆくいささ波たて

徒刑者の群れのごとしもナベヅルが末黒の羽根を刈田にたたむ

生牡蠣をはじめて食べしはいつの秋「八海山」
の新酒に添えて

牡蠣食めば思い出す蒲原有明の牡蠣の殻なる
牡蠣の哀しみ

今日はいずこに宿れる旅か一団の雁が季節の
風に乗りゆく

赤蕪は酢に揉み芋茎（ずいき）のアク抜きて主夫歴十年
夫の手並み

八十を過ぎたる夫に三食を供させている罰当たりわれ

集団にはかならず異分子あるゆえに底より開ける温州（うんしゅう）みかん

かの国に抱かれやすく腰曲げて列島いよよ冬
の季となる

離職してこころもとなく来たる娘(こ)に持たせて
かえす緋のシクラメン

ゆくりなく北北西の夕闇を渡りゆく衛星「きぼう」を見たり

高みに淡くむらさき揺れてその名ほど尊大でなき皇帝ダリア

きらめきて白梅にさす日のひかりきさらぎ十日われの生まれ日

扁平な顔して月が消えのこりマスクしたままひとつ年とる

生きゆくに一日二リットルの水が要る寒九の
水を噛みしめて飲む

日本の四季のうつろい慕わしく立春すぎれば
黄鶯睍睆（こうおうけんかん）

## アヒルの隊列

雌鴨を沈めてつがうさまを見きウクライナ情
勢緊迫のあさ

二十年ぶりに会いたるママ友と変らないねと
嘘をつきあう

傘うちにニットの帽子、マスクして不倫する
ごと米買いにゆく

喜寿となる二月の十日は仏滅でわが下総は雪となるらし

氷柱に閉じ込められしくれないの薔薇の死とわに死につづくべし

ひさびさにテレビにみればおっさんになって
おりたりわれのジュリーも

非情とも心変わりとも花言葉を進呈したし花
もたぬ蘭に

明日の米磨ぎきて冷たき両の手を夫はいきなりわが頬に当つ

雨樋が崩れ門扉がかたむきし空き家を葛が絞め殺したり

這い出すというかたちにて歌三首かつがつ記
したファックスがくる

間の抜けた顔した猫がベランダに今日も来る
ゆえ煮干し買いおく

２０２２年２月２２日生きてのち二度とあわざるアヒルの隊列

民の声聞かぬふりしてルビコンを渡りはじめし縁なしメガネ

## 非在の星

冬の夜にまたたく星よ光年の昔に死にて非在の星よ

居酒屋の海鞘（ほや）なま臭し然かれども「ばくらい」
となればすこぶる旨し

存在の基（もとい）であればはばからず性器も描くシー
レの自画像

白パンを踏んだ娘のものがたり忘れねば春泥の道になずみぬ

日本の良心と言うべき丸メガネのひとは死にたり弥生の三日

柔軟剤のにおい濃きひとを厭いつつドトール
に読む「週刊金曜日」

「月日はながれ、わたしは残る」遠国の詩人
のように時につぶやく

さびしがるたましい連れて馬車道へジャズ聴きにゆく雨のヨコハマ

スペイン風邪にて死にたる知性感受性シーレも槐多もアポリネールも

一度ならずデモ会場に見かけたる鶴見俊輔の
温顔忘れず

奈良岡朋子死してサリバン先生もワーリャも
ニーナも共に死にたり

コップ一杯の水にて何日生きられる薄いいの
ちをひらく朝顔

緑陰に憩うささやかな喜びを力で奪うを侵略
という

イヤホンでニュースを聞けば頭のなかに果てなく戦場の景が拡がる

己の死、他者の死に向けしゅくしゅくと麦秋の野を軍列すすむ

こちら向きに銃口並ぶかに見えて木下闇にヤマユリ数本

これ以上これ以下もなき不条理劇ゴドーは待てど待てど来たらず

ロシアンティー

あたたかな雨となりたりレインシューズひと
月ぶりに履いて出かける

ウクライナ侵攻のあさ香りよきロシアンティ
ーを飲みしか彼は

死はつねに他者のものにて権勢をふるう男の
金壺眼

海綿が水得てふくらみゆくようにとめどなき
ものを権力という

「いいね！」なんて言ってるうちに足元がず
ぶずぶ沈む春泥の候

母に抱かれ引揚船に揺られ来し我を見るなり
戦禍の民に

真っ直ぐに畝立ててゆく耕耘機春は天から地
から来るもの

日本語だけで生きてゆきたいたそがれや利休鼠やけしむらさきと

「無力で圧倒的な言葉を持て」加藤周一の言葉ふたたび

裏返し骨の髄までせせり食ういまが旬なる真鯛の煮付け

タワマンの空気は薄くてふとるのよ浮かぬ顔にて友が言いたり

雨あがるらし

わが町はところによりて通り雨コートの襟を

たてて走りぬ

いつか要る無ければ困る小物たち裁縫箱に混みあいており

不戦をば国是にかかげ防衛予算五兆円超ゆる不可思議にっぽん

「たそがれ」も「かはたれ」も皆なつかしき
昭和の匂い　鳶尾（いちはつ）が咲く

もう誰も鳩を飼わねば夕空を撫でまわす鳩の
軍団おらず

川の面に触るるばかりに枝垂れてさくらはおのれの艶（えん）を見ており

じぇっじぇっと尾長が声を落としゆくユリノキ通り雨あがるらし

さりげなき顔していずこの辻に待つ死なりや疫病に怯ゆるわれら

許さじと堅く思いて来し友の疫禍の今はむしろなつかし

マスク下の口もと清きか賤しきかエゴのこみ
ちにすれ違うとき

またたく間にひと生は終りに近くなり百骸九
竅すこしずつ病む

無限花序の柏葉あじさい開きそめ無常迅速、
時間というは

砂糖壺に角砂糖はうまく入らないブランコに
いる少年ひとり

## 夏草

ひとり出版社創業せし娘とひさびさに父祖の
墓ある長崎に来つ

歴注六輝たしかめてゆく梅雨あけていきなり
猛暑となりたる町へ

夏の日がかんと照るなり龍馬道に隣りて静か
臨済宗禅林寺

夏草のおどろに茂る墓場みち心逸りて漕ぐごとくゆく

噫、これはかの日以来の涙だと古びし墓碑に手触れてしばし

墓じまいするかしないか荒肌となりたる墓石を前に思案す

先考先妣の五十年忌も過ぎたれば心を決めよと走り雨降る

竹山広夫妻の眠るカソリック教会へ

うたびとの眠る西町教会をとよもすばかりクマゼミの声

クマゼミの耳を聾する鳴き声にぶちのめされて天を仰ぎぬ

混葬の火中に開きしてのひらを歌いとどめし
ひとをかなしむ

コメダ珈琲の超弩級なるかき氷ダリの原子の
雲のごとしも

雨足の弱りゆくまでドトールに「ルバイヤート」を拾い読みする

一穂（いっすい）の灯と思えども駅頭にあしなが募金あれば寄りゆく

消閑のときありて一杯のコーヒーによしなしごとを思えばはかな

した　した　した　遠世の水の垂れるおと耳を離れず眠れぬ夜は

夜霧のかなたへ

千のしずく万の吐息をこぼしいる雨後のクス
ノキここに百年

チアノーゼ色して紫陽花が群れ咲ける入梅(ついり)の
公園ひとかげもなし

妻を抱き子に頬寄せながら侵略の計を練りし
や露国の魁(かい)は

侵攻はやまぬまま年をまたがりて冷たき空に
星がながれる

紺ふかき冬の夜空にくっきりとひとえまぶた
の月が出ている

「ともしび」も「黒い瞳」も今はもう夜霧の
かなたへ消えてしまいぬ
この国に死ぬほかはなし一日中ふざけた電波
がとびかう国に

祖国という甘やかな言葉がいつの日か軛(くびき)とならぬと誰が言えるか

聴き慣れた楽曲なれど目をとじて今宵は聴かん「キエフの大門」

杞憂癖ある若者が果てしなく手を洗いいる水場を過ぎる

少年の鼓笛隊ふいに立ち止まり挙手の礼などすることなけれ

あかあかと日の照るさびしさわたくしに誰も
救えぬ手が二本ある

終末時計どんづまりなる代を生きて今いっぱ
いの素水（さみず）を欲す

# あとがき

『非在の星』はわたくしの十一番目の歌集です。前集『麻裳よし』から四年間の作品群で、年四回発行している歌誌「合歓」に掲載した歌を中心に、総合誌や新聞などに出詠したものを、ほぼ制作順におさめました。

この歌集の背景となっているのはわたくしが八十年近く生きてきた中で、もっとも心の休まることのない月日であったと思います。いちばんに思うことは、大きな犠牲を払った太平洋戦争の苦い経験から、平和と民主主義を守るために生み出され、心の拠り処としてきた日本国憲法が、長い一強政権によってなし崩しに骨抜きにされ、専守防衛という国是が変えられようとしていることです。さらに科学技術の革新により電子機器などの普及が進んで、一見、豊かで便利な社会生活が得られているように思われながら、その実、貧富の差はますます広がり、不全感や焦燥感からさまざまな社会現象が引き起こされています。行き詰まった事態から新たな局面を求めて雪崩を打つように戦争に入っていったかの日々の轍を踏むことのないようにと願うばかりです。

　世界に目を転ずれば地球環境の変化は焦眉の急で、大気中の温室効果ガスが増加し温暖化が急速に進んだことで、各地で猛烈な気温の上昇や洪水や旱魃など、予測もできない深刻な事態に陥っています。加えて、新型コロナウイルスの感染症はいまだに終息せず、ウクライナ情勢も泥沼化していますが、メディアから真贋の判断ができないほどに膨大な情報がもたらされて、いったい何を信じたらいいのかとまどっている状態です。

　歌集のあとがきにふさわしくない内容になりましたが、五年先、十年先の未来さえ想像できなくなった現在、自分自身の思考の貧しさを取り繕うことなく見ていただくしかないと思いつつ本集を編んでいきました。

　書名とした「非在の星」は、

冬の夜にまたたく星よ光年の昔に死にて非在の星よ

という一首からとりました。いま自分が目にしている輝きはとっくの昔に死んで消えてしまった星たち。広大な宇宙から見ればほんのちっぽけな星である地球に右往左往している自分の卑小さ、愚かさを思いつつ、それでも生きていることのかすかな証明としてこれからも歌を作っていきたいと思っているのです。

この歌集は昨年、新しく出版社を立ち上げた長女・髙橋典子の手に委ねました。自分の娘が独り立ちすることになるとは思ってもみないことでしたが、出来上がりを心待ちにしたいと思います。これまでの歌集同様、装幀は倉本修さんにお願いしました。組版のはあどわあくの大石十三夫さんにもお世話になりました。併せて御礼申し上げます。

久々湊盈子

二〇二三年　盛夏

歌集　非在の星

2023年10月15日　初版発行

著　者　久々湊盈子

発行者　髙橋典子

発行所　典々堂
〒101-0062　東京都千代田区駿河台2-1-19
アルベルゴお茶の水323
振替口座　00240-0-110177

組　版　はあどわあく　印刷・製本　渋谷文泉閣